그 사람 내게로 오네

내가 백석이 되어

그 사람 내게로 오네

이생진 시집

우리글

머리말

고독이 얼마나 많은 시를 불러오는지, 외딴 섬을 혼자 걸어본 사람이면 알 거다. 나는 섬에 발붙이며 고독을 알았고 고독을 알면서 시를 시작했다. 그러나 그것이 시로 해결되는 것은 아니었다.

시에는 시가 그리워하는 대상이 있다. 고독 속에 한 여인이 있기를 바라는 것은 시 쓰는 사람만이 아니다. 나는 그런 여인과 사랑을 속삭이듯 '그 사람 내게로 오네'를 썼다. 그렇지만 황진이를 소문 그대로 송도 삼절三絶로 내세우지는 않았다. 나의 기억에는 황진이의 재색도 없고 거문고 소리도 없기 때문이다. 다만 그녀가 남겨놓은 몇 편의 시가 그녀의 가슴을 파고들게 했다.

그리고 이 시를 다 쓰고서야 그녀의 거문고 소리를 들을 수 있었고 서화담의 올곧은 가난과 시대의 험난을 알게 되었다. 그리고 왠지 진이가 슬퍼 보였다.

2003년 6월
이 생 진

다시 책을 펴내며

시집 '그 사람 내게로 오네'에는
놓쳐서는 안될 '그 사람'이 있다.
내 사랑처럼
내 가슴에 묻어둔 사람들의 사랑 이야기.
그건 나를 이야기하기 때문이다.
천 년 전 사람이나
십 년 전 사람이나
모두 황진이 같고, 매창 같고, 자야 같다.

그래서
나는 '내가 백석이 되어'라고
절절해지는 것이다.

2018년 초겨울
이 생 진

차례

그녀는 있다
— 황진이 1

그녀는 있다
보지 않았으니 그녀가 있으랴마는
그래도 그녀가 있다

'어져 내 일이여 그릴 줄을 모르던가
이시랴 하더면 가랴마는 제 구태여
보내고 그리는 정은 나도 몰라 하노라'*

사람들은 그녀를 보내놓고
그리워 한다
그리하여 그녀가 어디 있는지 모른다
그녀는 없다
그래도 그녀가 있는 것처럼
그리워 한다

*황진이[33]의 시.

너는 없다
– 황진이 2

너는 없다
아무 데도 없다

눈 감으면
눈 안에 있다가도
눈 뜨면
없다

뭇사람들의 사랑이 그러하듯
밤마다 별이 되고
꿈마다 그리움이더니
어느 날은 하늘에
어느 날은 가슴에 있다가도
너는 없다

그 때문에 떠도는 방랑자여
지구 구석구석
만나는 사람에게 물어보라
'너도 그녀 때문이냐'고

저걸 어쩌나
- 황진이 3

어~어 어~어

짝사랑에 골병들어 앓다 가는 저 총각
'사랑한다'는 말 한 마디
그게 뭐 어려워서
가슴에 묻어둔 채 속 태우다 가는구나

어~어 어~어

'진아~'
이름 한번 시원히 불러보지 못하고
북망 가는 저 총각
애처로운 발걸음 떨어지지 않아
내 집 앞에 서 있는데
저걸 어쩌나
저걸 어쩌나

마을 사람들 숨죽이고 지켜본다만
당돌하게 내 방으로 뛰어들어

넋이 부서지느라
억장 무너지는 소리 귀담으며
벽에 걸린 치마 저고리 움켜쥐고 뛰쳐나와
'맺힌 한 풀어주라' 지붕에 던졌더니
그제야 상여 발걸음을 떼는구나

어~어 어~어
어~어 어~어

옷을 벗어 준다는 거
– 황진이 4

옷을 벗어준다는 거
그건 몸을 벗어준다는 말

잘 가라

내가 너에게
치마 저고리를 던져줬다는 거
그건 너에게 내 가슴을 줬다는 말

잘 가라
돌아보지 말고
잘 가라

내 영혼도 너를 따라 가고 있으니
돌아보지 말라
돌아보지 말라

너는 나를 나는 너를
- 황진이 5

사내의 머릿속을
계집이 드나들듯
계집의 치마 속을
사내가 드나들듯

꽃은 무엇을 숨겼으며
나비는 무엇을 봤기에
너는 나를 나는 너를 하며
날아가는가

그 사람 내게로 오네
– 황진이 6

가슴 깊이 파고드는 그 사람
내게로 오네
상여를 부수고 내게로 오네
깊은 밤 소리 없이
방문 열고 들어오네
이불을 덮어쓰면
이불 속으로 들어오고
오금을 틀면
오금 속으로 들어오네

숨겨두고 순결하단 말 들을까
드러내어 화살을 맞을까
태어나 아비 정 모르다가
서러운 어미 정 옮아올 때
그 사람 내게로 오네

나는 가네
– 황진이 7

나는 가네
그리워도 그립다는 말 못하고
나는 가네

세상은 앓다 앓다
속 태우며 가는 거
아무도 모르게
나는 가네

그래서 사람들은
구름이여 바람이여 하며 가는가
나는 가네
아무도 없는 데로
나는 가네

울고 울다가
– 황진이 8

울고 울다가
석 달 열흘
울고 울다가
주먹을 움켜쥐고
이를 악물고
허리를 죄고
일어나 앞뜰 뒤뜰
논길 밭길 헤매다가
넋 잃고 서 있는 진이眞伊

어~어 어~어 상여소리
집 앞을 지나가는 소리
밤마다 방문 열고 들어와
진이 옆에 누웠다 가네

한
– 황진이 9

하지만
이 한恨
어디에 푸나

진사進士의 무릎인가
선사禪師의 목탁인가
아니면
선비의 먹물인가

풀고 가야지
가야금 뜯듯
내 가슴 뜯으며
풀고 가야지

너도 울어라

- 황진이 10

네 어미
현금玄琴*이
거문고 뜯던 겨울 밤
달도 함께 울었으니
외롭거든 사립문 밀고 나와
눈 덮인 달을 안고 울어라
달이 기울면 설움도 기울더라
너도 서럽거든
거문고 때려가며 울어라

*진현금陳玄琴 : 황 진사의 첩이며 황진이의 어머니. 청순한 얼굴에 총명한
사람이었으며, 거문고를 잘 탔다고 함.

태어나는 아픔
- 황진이 11

이 어둠

굴 속을 더듬어가는
안팎의 어둠
너를 낳는 이 아픔이
날벼락에 깨지는
바위만큼이나 아프다

태어나는 네 아픔도
내 아픔만 못할 리 없다만
너를 따라 우는 어미
산고產苦 때문이 아니란 것을
커가며 알리라

내 아픔이
네 아픔이란 것을
커가며 알리라

모진 모성母性의 아픔

- 황진이 12

아파라
무거워라
날 버리고 싶어라

덧없어라
괴로워라
몇 번이고 죽고 싶어라

아니다 그게 아니다
길러야지
누가 뭐라 해도 길러야지

꿀 먹은 벙어리로
임신했다는 소문은 피했지만
낳은 죄 어디다 버리랴

진사 선사 사대부도 아닌
가슴을 짓밟는 그림자

밤새 계곡물에 실려
정처 없이 뒹구는 멍청한 돌멩이
부서져라 산산이 부서져라

서 있는 거문고처럼
- 황진이 13

진사가 들어주던 거문고 소리처럼
모녀의 울음소리 들어줄 순 없는가
아니다 내가 뜯는 거문고는 나의 비애요
그가 듣는 거문고는 그의 희락이니
그것을 탓하여 무엇하리
내 뜻에 네 뜻을 맞추려다 허물어진 누각
내 안에 그런 누각은 세우지 말자
하지만 한번만이라도
모녀의 절규를 들어줄 순 없는가
이 뼈아픈 넋두리도 그만 두자
육포를 뜯듯 내 비통을 뜯는 술잔 밑에서
그런 식의 기대를 거문고에 걸지 말자
내 생애의 빚을 세월에 치르는 몸값인 걸
고독한 욕정에 더운 살[처]을 안겨준 것만도
잊지 못할 은혜인데
기뻐하던 그 얼굴 죽을 때까지 간직해야지
나는 울지라도 서 있는 거문고처럼
속으로 울지라도

진아
- 황진이 14

진眞아
너는
너를 짝사랑하던 총각의 죽음에
한이 맺혀 기생이 되었고
너의 어머니는 어머니대로
너의 외할머니는 외할머니대로
너의
너의
너의
또 다른 너도 기생인 것을

계집은 누구나 기생이요
사내는 누구나 한량閑良이니
우리 아버지도 명월*관明月館에서
기생 옆에 앉았던 것을 자랑했고
할아버지도 장에 갈 때마다 거울 앞에서
수염을 다듬던 일을 지금 생각하니
기생에게 잘 보이려고 했던 일

나도 그 무렵 태어났으면
너에게 주고 싶은 시 쓰느라 밤 새웠을 것을
왜 세월이 가도 그리움은 변하지 않을까

*명월明月 : 황진이의 자.

시 쓰는 바람둥이
– 황진이 15

'허 여사'라고 쓴 적이 있지
홍주*로 이름 난 여인

다시 과거로 돌아갈 수 있다면
시 한 수 달라고 졸랐을 거라며
홍주를 따르던 여인
그녀는 젊었을 때
하숙했던 환쟁이를 생각한 건데
나는 덜렁 마음이 설렜지
그녀의 나이 일흔
하지만 추억은 새파랬어
나보고 달구경 가자며 손을 끌어간 것은
나를 한량으로 본 건데
잘 본 거야

빼느라고 대답은 안 했지만
풍선처럼 떠 있는 풍객風客이었어

*진도 홍주.

거문고의 고행
- 황진이 16

거문고는 눈이요 귀요 심금이니
술대*가 닳고 닳아 대쪽에 핏발이 설 때
비로소 설움을 잊을 수 있다고
강한 어조로 말하시던 외할머니
미래가 없는 자의 등불은
오직 현금玄琴 뿐이라고
뼈에다 새겨주시던 말

너의 살이 오동나무 살 되어라 하고
절벽에서 뛰어내린 물줄기가 계곡을 거슬러
다시 절벽으로 돌아가는 기세가 진짜라며
모든 비분을 삼켰다
거문고로 흘려보내는 그 길밖에 없으니
밤낮을 가리지 말고 어려운 고비를 넘어야 한다

어두운 세상 헤쳐온 길이
바로 그 길인 걸
그건 너의 목청에도
시문詩文에도 해당되는 것이니

기예技藝를 다듬고 다듬어
산속의 사나운 짐승까지 현금으로 재워야……
나 때문에 네가 험한 길 가는구나

*술대 : 대竹 끝을 뾰족하게 후린 거문고를 탈 때 쓰는 채.

석봉 어머니
– 황진이 17

진이 어미의 거문고 소리에
석봉* 어미 떡 써는 소리 곁들이면
무슨 소리 나올까
절대 불변의 모성母聲

"석봉아, 공부 다 했니?"
"네, 다 했습니다."
"그럼, 이리 와 먹을 갈으렴."
석봉 어미 등잔불을 끄며 석봉이더러 글 쓰라 하고
자기는 도마에 떡을 썰듯 어둠을 썬다
얼마 후 불을 켜니
석봉이 글씨는 삐뚤삐뚤 엉망인데
어미 떡은 똑고르다
"이래도 공부 다 했다 하느냐, 다시 해라!"
이것이 어미의 철학인 것을

*석봉 : 한호韓濩[32]의 호. 조선 중기 서예가.

고독의 깊이
- 황진이 18

진이는
혼자 있고 싶었다
어머니의 거문고 소리가
아버지를 그리듯
진이의 거문고에서도
아버지를 그리는 소리가 새어 나왔으나
어머니의 안계眼界에서처럼
선명하진 않았다
진이의 귀에는
집 앞에 멈췄던 상여소리가
더 진하게 들어왔다
세상이 자꾸 슬퍼지면서
거문고에서도 슬픈 소리가 커졌다

그 길로 가는구나
- 황진이 19

겨우 열여섯에
초야를 맞는 관례冠禮는 축하가 아니라
슬픔의 시작이자 자존自尊의 종말이니
어린 것이 세상을 잘못 만나
사대부의 손에 머리가 얹히고
술자리 시중 끝에
잠자리로 끌려가는 안타까움
내 어찌 연모戀慕만으로
그를 그린다 할 수 있으리
기생 옷이 입기 싫어 사흘을 울었음은
진이만의 고뇌가 아니오
자야*에게도 있었으니
어찌 이 아픔을 시문詩文으로 달래랴

*자야子夜 : 시인 백석白石[7]이 그리던 여자.

진이에게의 고백
- 황진이 20

'하지만' 하고 내 입이 돌아가는 것은
내 마음이 비뚤어졌기 때문인데
진이의 자존自存이 시궁에 떨어졌으니
저를 어쩌나 하다가도
그 나이에, 하고 비뚤어진 입을 다문다
그만큼 나의 시는 조심스럽다

그런 진이가
사대부에게 안겨 사랑받는 글벗이 되고
거문고에 맞춰 덩실덩실 춤을 추게 되었으니
진이 서러운 풍진을 딛고 상투 끝에 오른 것은
그녀가 살아가며 키워낸 의지이지만
내가 진이를 연모하는 것은 진이의 시요
그 시를 가지고 자유를 일군 여인이기에
이 밤에 잊지 못하는 것이다

씨앗 숨기기
– 황진이 21

그때 현금玄琴*은 진이를 이렇게 숨겼지

'포대기에 싸서 안은 아기
그 애비가 누구냐고 묻지 말라
황진사 물시중
그게 씨앗의 전달이었으니
더는 묻지 말라
내 고통 들킬까봐
차오르는 배 동여매고
남모르게 흘린 눈물
흘려본 여자만은 알 거라만
아기 이불 차내 버릴 때
나도 그 이불 끌어안고 울었으니
그 사실 알았거든
더는 묻지 말라'

*현금 : 황진이의 어머니, 진현금.

사랑은 있어도 외로운 거
  - 황진이 22

내 몸 어디에서 불꽃이 튀기에
그처럼 깊은 화상을 입었는가
한 여인 때문에 병들어 쓰러진 사내처럼
나도 한 사내 때문에 쓰러져야 하나
그건 망상 앞에 무릎 꿇는 일이지
어찌 나더러 망상의 시녀가 되라 하는가

'뭇 사내들이여
신화 속의 여인을 붕괴하라'

이렇게 외치면서도
아직 타오르는 유혹의 햇불을 들고
어디로 가는가
내 어찌 그런 여자로 태어나
뭇 사내들의 화살을 맞는가

아아
사랑은 있어도 외로운 거

바닷가를 거닐 때
− 황진이 23

나는 그녀의 세월보다 가까이 있다
손을 내밀면 잡힐듯한 곳
물론 그녀도 그렇게 와 있음을 안다
그것은 바닷가를 거닐 때
바싹 다가온 갈매기가 그랬다

맨발로 걸었으면 하기에
맨발로 걷기도 하고
앉아서 넘어가는 해를 봤으면 하기에
넘어가는 해를 보다가
어둠과 함께 사라지는 순간
그때부터 떠오르는 별들의 시

시는 사랑을 고백하는 최고의 지성
그것을 환상이라고 하자
환상은 그녀보다 가까이 있다
돌을 던져도 물러서지 않는다

사랑의 방랑자여
　－ 황진이 24

어디서 왔느냐고 묻지 말고
어디로 가느냐고 묻지 말라
서로 위로받고 싶어 떠도는 방랑자
백두산에서 만났건
지리산에서 만났건
아니면 수미산*이라도 좋다
그게 동양인이든 서양인이든
만난 자는 다 사랑의 방랑자
어디로 가느냐고 묻지 말라
그리운 사람은 저 싸늘한 정상
거기에 가도 없는 것을 알면서 찾아가는
허망한 방랑자여
그 허망이
너를 앗아간다는 사실을 두려워하지 말라

*수미산須彌山 : 불교와 힌두교 우주관에서 세계 중심에 있다고 하는 거
대한 산.

진이를 위한 시
— 황진이 25

내 고민은 진이를 그리는 데 있지 않고
진이를 시에 담아 시 속에서 살라 하는 데 있다
아무리 세월이 구름 같다 해도
오백 년이면 가벼운 것이 아니니
이럴수록 나는 내 집 앞 팔백 년 은행나무를
진이의 가슴으로 안아 들인다
안으면 안을수록
진이의 삶은 미상으로 달아나고
전설은 나무 끝 까치집에 숨으면 그만
어찌 그 환상을 한 편의 시에서만 살라 할 수 있는가
그래도 진이는 내 가슴에 살아 있는 실존이니
진이 주변의 사재史材들 이야기를 들어
내 이야기처럼 시에 담는다

사내들 이야기
— 황진이 26

괘씸하다고 할지 모르지만
연대의 벽을 허무는 것이
마음 편할 것 같다

외람되게도
송순[12]은 정철[26]의 스승격인 인물인데
감히 내가 그를 이야기 대상으로 뽑은 것은
그가 남달리 시를 좋아했고
시 옆에 기생을 앉혔으니
나도 송순 옆에 기생을 앉힌 것 뿐이다
그는 늘 진이를 불러
자기 옆에 앉혀놓고
노래 부르라 했다
그래서 나는 송순 몰래
진이에게로 다가가고 싶은 적이 있었다

괴상한 소문
– 황진이 27

어떻게 나온 소문인지 몰라도
더 이상 진이를 빼앗기지 않겠다고 했다며?
혼자 한 소리인데
언제 게까지 갔는가
발 없는 말이 천 리 간다더니
진이가 들었으면 얼굴 붉혔겠네
하지만 그러니까 사내지
그렇지 않고서 뭐하러
'황진이'를 쓴다고 붓을 들었나
나도 사낸데
진이의 임자는 시를 쓰는 사람이야
너도 생각 있으면
밤이고 낮이고 '진이'를 써 봐
시는 죽은 사람을 살리는 거야

벼슬아치들
 - 황진이 28

송순은
벼슬과 시를 한 몸에 지닌 황홀랑恍惚郞이요
일찍 과거에 급제하여 벼슬이란 벼슬 다 누리고도
칠십칠 세의 고령에 의정부 우참찬右參贊에 올라
얼굴에 환한 환희가 다래다래 했으니
수염에 고드름이 발붙일 수 없었지

그가 개성 유수로 있을 때
곧잘 진이를 불러 옆에 앉게 하고
노래 부르라 춤추라 거문고 타라 술잔 들라
'과연 절색이로다' 속으로 감탄하며
눈에 넣어도 아프지 않은 진이를
눈에 넣고 싶어 집었다 놨다 했지

사내들이 슬프다
- 황진이 29

신평 선생*은 구십 평생
시가詩歌를 메고 강호가도江湖歌道를 달렸으니
자기를 황홀하게 여기는 것은 당연하다
기생들을 모아놓고 기생 중에 기생을 뽑으면
송도의 진이가 절색이요
시를 지어 시를 읊게 하면
그것도 진이가 제일이니
유수 행차시 거리에 나온 사내들보다
진이를 보러 나온 아낙네들이 많은 것도 당연하다
진이 이런 자리에 자주 나가다 보면
사대부 애첩들의 눈총에 시달리고
사내들의 보는 눈이 비뚤어진 것을 알아채면서
가는 곳마다 벌어지는 술자리가 부질없어
사내들이 슬펐다

*후세 사람들이 송순을 '신평新平 선생'이라 불렀다.

쓸쓸한 사람아
- 황진이 30

검은 갓에 흰 두루마기 걸치고
눈 오는 날 밤
어디로 가는가

진이의 거문고 소리에 이끌려
산비둘기처럼 정자나무 밑으로 왔을 때
진이 거문고를 내려놓고
사립문 밖에 나와
달을 맞듯 맞아주면
옷소매 눈 터는 소리도 잠시
꽃신 옆에 짚신처럼
진이랑 마주앉은 긴 겨울 밤
얼음 밑으로 흐르는 물소리 따라
도란도란 시 읽는 소리
더러는 그런 떠오름으로 시를 써야 하는 생각에
잠 못 이루는 사람아
스스로 긴 밤을 혼자 지키는 것은
그런 때문 아니던가

은거隱居
– 황진이 31

'대은大隱은 마을 안에 살고
소은小隱은 산 속에 산다 하지만
마을 속은 시끄럽고
산 속은 외로워
벼슬을 하며 중은中隱으로 사는 것이
바쁘지 않고 한가하지도 않으며
굶주리지 않고
추위에 떨지 않고
술과 여인과 벗이 끊이지 않을 테니
중은으로 사는 것이'

이건 백낙천[6]의 중은中隱이고
나는 아무래도 소은으로 살아야
고독에 익숙해서가 아니라
산간에 거미줄 치는 거미 같은 마음이지

사내들의 허점
- 황진이 32

사내들의 허점이 드러나자
거문고 줄이 풀린다

싸움에서는 용맹할지 모르나
여자 앞에서는 흐물흐물하다
물먹은 수세미
가뭄에 갈라진 논바닥
송충이에 뜯긴 소나무
그런 사대부들

파도같이 기어오르다
폭포처럼 내리박히는
사내는 없나
짓궂은 생각에
닫힌 성문이 열리듯
진이의 앞섶이 열리더니
긴 한숨이 빠져나간다

유혹은 함정이다
- 황진이 33

시인에겐
꽃도 유혹이요
나비도 유혹이다

하늘도 유혹이요
구름도 유혹이고

바다도 유혹이요
섬도 유혹이다

왜 슬슬 피하는가
진짜 유혹은 여인인데
비록 사대부의 꽁무니를 따라가고 있지만
나는 너의 유혹이다
그건 어쩔 수 없는 함정이다
하지만 유혹 없이 어떻게 시를 쓰나

화답
- 황진이 34

천마산 청양봉 아래 지족암에서
지족선사知足禪師 요염한 진이를 맞는다
삼십 년 면벽에 생불이 되었다는 선사
오늘 밤 이상한 눈빛에 끌린다

'비오는데 무슨 거문고냐'
'이 거문고엔 줄이 없습니다'

'줄 없는 거문고가 더 깊다더라'
'거문고엔 유혹이 없습니다'

'그럼 네 눈에 있단 말이냐'
'아닙니다 벽에 있습니다'

'우선 비를 피해 암자 안으로 들어라
내가 밖으로 나가마'
'아닙니다 거문고를 밖에 내놓겠습니다'

다음날 아침

실족한 지족선사

거문고를 안은 채 벼랑 아래 떨어져 있다

나무아미타불
– 황진이 35

'삼계三界가 오직 마음이요
만법萬法은 오직 인식일 뿐'

비오는 날 무덤에서 해골에 고인 물을 마시고
갈증을 푼 원효[16]의 목소리에
진이 이렇게 호소한다

지족선사를 땅에 떨어뜨린 것은 진이 잘못이지만
진이 요석공주에 이르지 못한 것은 두고두고 한입니다
원효는 요석공주와 잠자리를 함께 하고
파계라 팔팔 뛰며
소성거사小性居士라 탄식하였는데
어찌 원효는 성사聖師로 남고
지족 스님은 파계로 남습니까
안고 있는 거문고 이리 주시고
간밤에 저에게 베푼 기운으로
다시 면벽구년面壁九年* 하십시오
저는 죽은 오동나무만도 못한 기녀이니
어서 일어나 면벽하십시오

요즘 스님들 중엔

고기 먹는 일이 잦다 합니다

*면벽구년面壁九年 : 달마대사가 숭산 소림굴에서 구 년 동안 벽을 향하고 참선하여 도를 깨달았다는 옛 일을 일컬음.

달

– 황진이 36

그 순간 나는 지족선사에게
이규보[18]의 달(정중월井中月)을 읽어주고 싶었네

'중이 달빛을 탐내어 물병에 달까지 담았는데
병이 기울면 달도 기운다는 걸
절에 이르러서야 깨달았다'는

진이 달이었던들
지족선사 밤새 안아도 탈이 없었을 걸
달이 아니고 왜 거문고로 왔는가
제발 내게로 올 적엔 거문고는 집에 두고
달만 오소
나는 면벽을 못한 범부이니
달빛만으로도 쉽게 부서질 거요

시 팔천 수

- 황진이 37

누군가가 말했지
술도 못하는 주제에 시 쓰느냐고
한데 백운거사白雲居士*
술 잘하고 시 잘 쓰고 거문고 좋아해서
삼혹호三酷好 선생이요
고려의 이백李白인데
이쯤이면 능히 진이와 자리를 함께 할 거사이나
아쉽게도 진이 그때 태어나지 않아
그런 소문 없는데
지금이라도 서로 왕래할 수 있는 거리(무덤)라면
달밤에 진이의 거문고 소리 들을 수도 있는 거
팔천 수 다 풀어 진이를 불러오지 못한다면
생전에 쓴 시 무슨 소용인가

*백운거사白雲居士 : 시인 이규보.

이규보의 기생관
- 황진이 38

백운거사
술에 기생까지 데리고 온 친구에게
이렇게 귀엣말을 한다

'내 눈이 술보다 기녀妓女에게 가는 버릇
산에 와서도 버리지 못하니
산이란 구름만도 못한 것 아닌가'

산에 묻혀 계곡 물소리 듣다가도
거문고로 그 물소리 지우는 것은
무슨 변덕인고

술이 뭔데
- 황진이 39

헌 옷을 벗어주고
술 한 병 들고 오는 규보
스스로 주책이라 웃음 짓네
첫 벼슬길에 올랐을 때
주색을 조심하라는 친구에게
알아서 할 테니 걱정 말라고
태연스레 화답하던 규보

술이 뭔데
고려 때부터
아니 그보다 훨씬 먼 이백李白에서
오늘의 시인까지
'술잔을 기울일수록
멍에 없는 미친 말 달리듯 한다'는
규보의 시는 변하지 않고
서울 야밤의 지하철은 만취 그대로
저 사람 어디까지 저대로 코 박은 채 끌고 가는 건지
시를 쓰지 않은 사람까지
미친 말이 끌고 가네

시와 사랑
– 황진이 40

무신 천하의 절대 권력자 최충헌[27]이
규보의 시를 읽고 감탄한 나머지
"원하는 벼슬이 뭔가" 하자
규보 빙긋이 웃으며
"지금 팔품八品인데 칠품七品이면 족합니다" 했다
규보는 벼슬보다 시가 좋았고
시보다 술이 좋았다
그보다 좋은 것이 있었지만
함부로 입 밖에 내지 않았다
조선 시인들이 시보다 황진이를 좋아했다면
고려 시인이라고 술만 마셨겠나
더러는 사랑시 사랑시 하며 업신여기는데
시 없이 술맛 안 나듯
사랑 없이 살 맛 안 나네

시는 그리움의 허수아비
− 황진이 41

'소년 시절에 꿈속에서도
기생을 데리고 놀았는데
벌써 쓸쓸한 백발의 늙은이 되었다'*고
백운 선생이 고백한다
진이 이 말을 들으면
'아직 청청하니
거문고로 세월을 달래세요' 할까

진이도 백운 선생을
꿈속에서 뵌 적이 있다며
백운의 눈동자가 별처럼 떠올랐을 때
거문고를 뜯었다고 하면
백운 선생 뭐라고 화답할까
시는 그리움의 허수아비
볏가리 없이도 논에 남는다

*백운 이규보의 시.

시인의 황진이
- 황진이 42

미당未堂은 갔다
하지만 그의 시는 남아 있다
교보에 남아 있는 시가
황진이의 치마를 잡고 놓지 않는다

'지금도 황진이는 떠돌아 다니는가?
짚세기는 벗어서 저승에다 감추고
농구화나 한 켤레 두 발에 꿰고,
청바지나 하나 입고 헤매고 있는가?'*

그러던 미당은 갔다
헌데 아직도 미당의 시는
그녀의 치마끈을 놓지 않고 있다

*서정주의 시 〈지금도 황진이黃眞伊는〉 중에서.

낭랑娘娘
- 황진이 43

'낭랑'이란 왕비나 귀족의 아내를 말하는 건데
여기서는 젊은 두 여인을 말하고 싶다
하나는 황진이의 진랑眞娘이고
다른 하나는 풍선 같은 풍랑風娘*이다

진랑은 진사의 딸이고
풍랑은 바람의 딸이다

진랑은 거문고를 잘 뜯었고
풍랑은 낚시질을 잘 했다

진랑은 금강산에서 지리산까지 떠돌았고
풍랑은 독도에서 마라도까지 떠돌았다

낭랑娘娘 18세
여인들의 위대한 방랑

둘 다 연대 미상의 여인이지만
실재했던 여류임은 틀림이 없다

오백 년에 하나 있을까 말까 하는 불사조
이들을 어디쯤에서 만나야 회포가 풀릴지
진랑은 박연폭포가 좋다 할 것이고
풍랑은 독도가 좋다 할 것인데
단 둘이 만날 것이라면
'하늘의 섬' 만재도**가 어떨지

*독도 풍랑 : 시인 편부경.
**하늘의 섬 : 만재도를 소재로 한 이생진 시집 《하늘에 있는 섬, 작가정
신. 1997》.

동짓달 기나긴 밤
— 황진이 44

내게 스승이 있었다
'동짓달 기나긴 밤을 허리에 베어내어
춘풍 이불 아래 서리서리 넣었다가
어른 님 오신 날 밤이어든 굽이굽이 펴리라'며
밤새 황진이를 떼어놓기 어려워하던 스승

팔십 평생 시를 읽고 시를 쓰고
시와 잠자고 시와 꿈꾸던 스승이
중환자실에서 코와 목에 호스를 꽂고
시와는 아무 상관 없이 누워 있을 때

"선생님!
지금 황진이의 존재는 선생님께 뭣을 의미하나요?"
하고 물었더니
머리를 흔든다

"그럼 선생님이 남겨놓은 시는 무슨 가치가 있나요?"
이번에도 머리를 흔든다
이미 이승을 떠나는 마당에

가지고 갈 것이 없다는 뜻이리라

코에서 호스를 빼면
평생의 것이 거품이 될 스승
살아서는 사람이 방황하더니
죽어서는 시가 방황하는구나

어느 임이 오랴마는
- 황진이 45

'첩첩이 구름 낀 산중에 어느 임이 오랴마는
바람에 떨어지는 나무잎 소리에 행여나'*하고
창밖을 내다본다

벼슬을 피해 산 속으로 들어와
우주의 철리에 몰두한 화담花潭 선생
엄한 행동과 흐트러짐 없는 몸가짐으로
예교**에 파묻혀 사색에 빠지던 날
진이 거문고와 술을 들고 찾아와
앉았다 떠난 그 자리가 쓸쓸해서
귀뚜라미 우는 소리에 시 한 수 물려주고

'내 어찌 지족선사知足禪師를 탓하랴
진眞아, 네가 금방 돌아올 것 같구나' 한다

*화담 서경덕[8]의 시 중에서.
**예교禮敎 : 예의에 관한 가르침.

너 없는 세상
– 황진이 46

'너 없는 세상……'
유행가 같은 이야기이지만
사랑은 그런 소박한 표현으로 족하다

'달이 기울어 서쪽으로 지고
낡은 거문고 뜯다 보니
밝았던 것이 더 어두워져
갑자기 고요해지는 듯한 마음'

어찌할 수 없다는
선생님의 시를 거문고에 싣다가
저 역시 쓸쓸함을 참지 못해
급한 걸음으로 돌아왔습니다
선생님
진이 돌아왔습니다

그대 어디로 가는가
　－ 황진이 47

화담은 이렇게 노래하네

'만물은……
돌아가고 또 돌아가고 끝까지 해도
돌아감은 끝나지 않는 것
묻노니 그대는 어디로 돌아갈 건가?'*

말없는 얼굴이 마주치자
산 넘어가던 달이 떠오르고
연못에 가라앉던 달이 뜨네

사랑은 입에 담는 것이 아니라
가슴에 담는 것
입은 다물어도
가슴은 열어야 하네

*화담 서경덕의 시 중에서.

가슴으로 들어오는 소리
- 황진이 48

사랑은 주고 받는 것도
쓰러뜨리고 쓰러지는 것도 아니니
마음을 거기에 두지 말고
네가 안고 있는 거문고에 두어라
사람들은 도학道學이라 해서
나를 송죽松竹에 매달려 하는구먼
그렇다고 거문고 소리가
내 귀를 피해 가는 것은 아니다

바닷가를 서성이다
굽은 소나무 끝을 바라보면
빈 하늘 가득 찬 파도소리
태허太虛를 채우고도 남는 소리
그 소리를 어떻게 도학으로 막으랴
귀로 들어오는 소리는 귀로 듣고
가슴으로 들어오는 소리는
가슴으로 들어야지

피리소리

　－ 황진이 49

진이 :

선생님,

귀법사歸法寺 앞에서 쓰신 시 기억하시나요

산봉우리와 계곡으로 다니면서

반나절을 한가하게 보내고

뒷날 푸른 산허리에 살게 되면

오직 가야금과 책으로

세월 보내리라

그런 내용의 시

지금도 책으로 세월을 보내고 계시지 않습니까

화담 :

옛날 박연폭포에 살던 용녀龍女가

박 진사의 피리소리에 반해

산 속에 움막을 짓고

숨어 살았다 하지 않더냐

박 진사도 산수가 아름다워 산 속에서

책읽기를 좋아했지만
어디 책에서 피리소리가 나더냐
하물며 용녀의 유혹인들……
그보다 용녀가
피리소리에 반한 것은 어떻게 하고

진이 :
그러시다면
이 가야금은 어떻게 하죠

화담 :
(묵묵부답이다)

불을 꺼도 생기는 그림자
– 황진이 50

소녀에겐
세 그림자가 있습니다
불을 꺼도 생기는 그림자
그 때문에 가야금을 끌어안습니다

한 그림자는 처음부터 보지 못한 아버지이고
또 한 그림자는 상여에서 내려오지 못한 총각이고
또 한 그림자는 존경하는 스승인데
그 세 그림자가 스승의 가슴 속에 있다는 것이
소녀의 마음을 아프게 합니다

가야금은 그분 때문에 있습니다
이 밤에도 그분이 부르시는 것을
달이 전해주기에 달려왔습니다
가슴에 안은 가야금을
어찌하면 좋습니까

구름처럼 떠나라
  - 황진이 51

떠나라
거문고는 귀를 열어주고
행보行步는 눈을 뜨게 하니
길을 떠나라

소옹[11]은 할아버지 적부터
벼슬을 마다하고 첩첩이 가난에 쌓여 살았지만
눈을 뜨기 위해 길을 떠났다
황하 유역에서 한수漢水 유역까지
넓고 넓은 길을 한없이 걸었다

떠나라
구름처럼 떠나라
여자라고 좁은 구석에만 갇혀 살란 법 없으니
거문고 놔두고 떠나라

떠돌면 떠돌수록
 - 황진이 52

한때는 소녀도 맘껏 떠돌았습니다
사내들 틈에 끼어 떠돌기도 하고
혼자서 남장男裝으로 나섰다가
산적을 만나 벙어리 짓으로 위험을 면했고
멋진 소리꾼에 끌려 남장을 벗어버리고
소리판에 뛰어들어 저도 모르는 정에 빠져
깊은 산골에 머물기도 하였습니다
그 사람과 헤어진 뒤
애꽃은 달만 바라보는 버릇에
지금도 멍해질 때가 있습니다

꿈과 꿈 사이
- 황진이 53

스승이 이구령[17]에게 준 시에
이런 구절이 있데요

'신선 세상 노닐던 꿈 선뜻 깨어보니
숲 사이 봄 이미 지나가 버린 것을…'*

간밤엔 소녀도 꿈속을 헤매다 잠을 설쳤습니다

스승도 한번쯤은 소녀의 몸을 꿈속에서 안았을 겁니다
꿈끼리 부딪친다고 소리야 나겠습니까만
부딪친 꿈의 아픔
어찌 말로 하라 하십니까

*1534년 경 조선 중기 문신 이구령이 개성부 유수로 있을 때 서경덕과
주고받은 시.

서화담의 벼슬
- 황진이 54

무릎을 꿇습니다
내리신 벼슬 거두어 달라고
무릎을 꿇습니다

'태어날 때 이미 가난이 기다리고 있었던
생원 서경덕
삼가 죽음을 무릅쓰고 두 번 절하며
내리신 벼슬을 거두어 달라고 비나이다
신臣은 본래 사리에 어둡고
어려서부터 산과 들에서 자라나
나물과 열매로 살았으니
가난은 하늘이 내리신 것으로 알고 있습니다
때로는 나물국도 얻기 어려워
끼니를 대지 못한 적도 있었습니다만
할아버지 적부터 내려오는 가난이라
곧잘 견뎌왔습니다
요즘에 와서는 본래 쇠약했던 몸에 병까지 겹쳐
아무데도 쓸모없는 지경에 이르렀습니다
이제는 태어난 대로 숲과 샘을 오가며 정양靜養으로

남은 세월을 보내는 것이 도리인 줄 압니다
감히 어리석음을 무릅쓰고
은혜로운 명령을 되돌리려 하오니
내리신 벼슬을 거두어 주시길 엎드려 비나이다'

무릎을 꿇습니다
내리신 벼슬을 거두어 달라고
무릎을 꿇습니다

중종대왕께 올린 스승의 사직서를 읽다가
소녀 울음을 터뜨리고 말았습니다
고려 말 시인 이규보는 벼슬을 준다니까
겨우 팔품에서 칠품으로 올려 달라는 겸손을 보였지만
스승은 구품짜리 벼슬을 거두어 달라고
죽을 힘을 내어 엎드려 비는 것을 보고는
'가난이 그렇게 좋으냐'고 반문하고 싶었습니다
나이 쉰이 넘어 찾아온 참봉 벼슬을 하찮게 여기시고
그런 것은 아니겠지요

서화담의 가난

  - 황진이 55

진이 :

어찌 가난을 그처럼 중히 여기시나요

어제는 제자가 옷 한 벌 가지고 왔데요

스승 :

가난은 내게만 있는 것이 아니지

진이도 나를 찾지 말고 사대부를 찾았던들

이렇게 초라한 방에서 가난을 읽지 않아도 되는 것인데

그러나 가난이란 다 까닭이 있어 동반하는 것이니

그리 문제 될 일이 아닐세

진이 :

자당께서 그토록 원하시던 벼슬인데

스승 :

벼슬에 올라 걱정 드리기보다

오르지 않고 드리는 것이 낫지

벼슬에서 오는 걱정과

가난에서 오는 걱정은 질이 달라

지금 이 난리에 벼슬은 무슨 벼슬인가
진이도 이십 년만 미리 태어났어도
진이 위상이 달라졌을 걸

채청채홍사의 그물에 걸렸거나 아니면
다른 변을 당했을 것이 분명해

나물 먹고 물 마시고
   - 황진이 56

선생님 '나물 먹고 물 마신다'는 말이 있죠
선생님이 읊은 '술회述懷'가 이와 비슷하네요

'산에서 약 캐고 물에서 낚시질하여 배를 채우고
달을 노래하고 바람을 읊으니 정신이 맑아지네'*

낮에는 산새와 놀고 밤에는 별과 노는 맛으로
혹은 맑은 물에 마음을 씻듯 책을 읽으시는 선생님
허나 가난이야 어찌 그것으로 물리칠 수 있겠습니까
소녀 밤마다 사대부들 틈에 끼어
노래와 춤으로 회포를 푼다고 하지만
한은 한대로 남고 소문은 소문대로 더러워지니
소녀도 산에서 가난과 살면 그 소원 이뤄질는지요

*화담 서경덕의 시 〈독서당일지경론〉 일부

사과 드립니다
- 황진이 57

사람들은 터무니 없이
소녀를 송도삼절松都三絶이라 스승 곁에 세워놓고
스승을 곤혹스럽게 하고 있습니다만
박연폭포와 스승은 이절二絶일 수 있어도
소녀는 절대로 절絶에 낄 수 없는 천한 기생이니
스승을 넘보는 욕慾은 스스로 욕辱임을 자인하고
몸 둘 바를 모릅니다
용서하여 주십시오
그런 티를 보인 소녀
죽어 마땅하다 하겠습니다

위험한 시대
- 황진이 58

역사가 무서워 역사를 피하느라 시를 했는데
결국 시까지 역사에 물어뜯기고 말았네

연산군[15]!
그는 누군가?

바람이 마음대로 휘두르고 싶은 것이
구름이라면
광란이 휘두르고 싶은 것은 무엇일까
칼이겠지

연산군 재위 12년은 정말 끔찍한 악몽의 소굴이었네
선비들을 잡아죽이고 징역 보내고 두들겨 패고
무덤을 파 시신의 목을 자르고
학문의 전당인 성균관을 오락장으로 꾸미고
불교의 산실인 원각사를 기생집으로 바꿔
채청사採青使를 팔도로 보내
수많은 젊은 여성들을 징발 해다가
음탕과 유희로 밤낮을 보내니

백성들의 원성이 하늘까지 치솟아
이를 비난하는 투서가 언문(한글)이라 해서
언문에 관한 서적을 태워 버렸다네

연산군의 폭정이 이러하였음에도
연산군은 내 집 앞 밤나무 숲 속에
태연히 누워 있네
연산군보다 삼백 년 전에 태어난 은행나무가
늘 연산군 묘를 굽어보고 있다는 사실史實
그래 그 은행나무를 시문으로 달래고
연산군의 유배지를 찾아
강화도를 지나 석모도를 거쳐
교동도로 간 것이 엊그제인데
진이를 만나려고 서화담의 가난을 밟고 가다가
덜컥 역사의 덫에 걸리고 말았네
역사와 현실
이게 시의 현실이니
어쩔 수 없네

연산군의 수레바퀴
– 황진이 59

연산군과 진이는
불과 몇 발자국 사이다
앞서거니 뒤서거니 하는 수레바퀴
연산군이 진이를 끌어안고
낄낄거리는 소리가 들릴 법한 시점에서
진이가 연산군을 피했다는 사실을
상상하는 사람은 드물다
아니 그보다 진이가 궁궐에 들어
왕비의 자리에 앉았다면 어쩔 건가
이런 상상은 허상이지만
진이는 그럴 능력을 가지고도 남는 여성이다
기녀는 첩이 되기 쉽고
첩이 되면 안팎의 권력을 잡기 쉬웠으니
그리 어려운 상상은 아니다

그러나 연산군은 연약한 시인이었다

'인생은 초로와 같아서

서로 만날 기회가 많지 않은 것'*
하고 붓을 놨을 때
진이는 아쉬운 마음에
그 자리를 머뭇거렸을지도 모른다

*1506년 9월 23일 연산군이 쓴 시. 거의 이 시를 마지막으로 교동도에 옮겨
지자마자 역질疫疾로 쓰러졌고, 7년 뒤에 서울 방학동 묘지로 이장되었다.
나는 아침저녁으로 그의 무덤 앞을 지나간다.

팔백 년 은행나무

- 황진이 60

그 시대는 위험했다
내가 그 시대에 태어났어도
벼슬을 줄까봐 무서워 산에 숨었을 거다
지금 나는 오백 년 전의
연산군과 백오십 미터 떨어져 산다

방학동 은행나무 앞 연산군 묘
철책에 갇혀 나오지 못하는 주검
다섯 기
연산군과 거창군 신씨
그 앞에 궁인 조씨
그리고 연산군의 딸과 사위
팔백 년 은행나무에 까치집 여섯 채
매일 까치들이 묘를 향해서 짖는다

까치들도 그 시대에 살았으면
저렇게 목청을 높이지는 못했을 거다

연산군의 눈물
— 황진이 61

서화담 스물네 살 때
성희안[10] 쉰둘로 세상 떠났지만
연산군의 폭정이 날로 심해지던 어느 날
성희안 양화도楊花渡 놀이에서
연산군을 비웃는 시를 썼다가 좌천당했다
하지만 시 속에서 맑은 정신이 우러나면
연산군도 맑은 시인인데
그 놈의 광란이 시도 죽이고 사람도 죽였다

'종사宗社의 넋이 나의 지성을 생각치 않아
어찌 이다지도 내 마음 상하는지!
해마다 네 아들이 꿈같이 떠나가니
슬픈 눈물 줄줄 흘러 갓끈을 적시네'*

갓끈을 적시는 연산군의 눈물
사람은 눈물을 흘릴 때 시인이 된다

*연산군이 1504년 1월 27일 쓴 〈애제哀題〉라는 시.

시대의 악몽

- 황진이 62

연산군 묘 안내판은 지극히 평온하다
그러나 갑자사화는 사정이 다르다

1504년
연산군 십 년
연산군 이십구 세
이때 은행나무는 삼백 년 넘은 세월을 살고 있었다

갑자사화
1504년
지금은 아무도 알려고 하지 않는 악몽
아파트 주민들도 안내판만큼이나 평온하다
나 역시 진이를 찾아가다가 실수로
비밀을 누설시킨 꼴이 되었는데
그 시대는 목불인견
산으로 도망칠 만큼 참혹했다

나무의 기억력
- 황진이 63

갑자사화 피비린내
그로부터 오백 년
아직 화가 가시지 않은 듯한 인상은
내 후각이 예민한 탓인가
아니면 도봉산 산자락 때문인가
아지랑이 슬금슬금 기어오르고
개나리 둔덕을 덮으면
세상이 좀 달라지겠지 하는 마음에서
세월의 아픔을 잊고 사는 사람들은 무심하겠지만
갑자사화는 지울수록 피맺히는 악몽이다

친어머니인 폐비 윤씨의 사사賜死에 관여했다 해서 성종의
두 후궁을 박살하고 그녀들의 소생인 두 아들을 죽인 연산
군을 꾸짖던 할머니(인수대비)가 손자의 손에 죽었다는 사실
을 은행나무는 소상하게 기억하고 있다 그러나 은행나무는
한번도 그 일을 입밖에 내지 않았다 그래서 마을 사람들은
은행나무 그늘에서 편히 쉬기도 하고 좀 고상하게 놀기 좋
아하는 사람들은 그 밑에서 음악회도 연다
　이 은행나무가 고층 아파트 신축으로 죽게 되자 환경운동

가 차준엽*은 은행나무 밑에 천막을 치고 15일 동안 단식투
쟁을 벌였다 그런 고마움도 은행나무는 기억하고 있다

　은행나무는
　오백 년, 아니 팔백구십 년, 아니 천 년
　여름엔 파랗게
　가을엔 노랗게
　푸르락누르락하다 가는
　은행나무는

*차준엽(1949 – 2017) : 환경운동가. 1991년 봄에 방학동 은행나무 살리기
단식투쟁 및 우이동 시인들과 마을 사람들의 촛불시위를 주도했다.

잔인한 생자

- 황진이 64

나 죽거든 불에 태워
물에 띄우든지 바람에 날리든지 해라
굳이 태워달라고 하는 것은
죽은 뒤에 형벌이 두려워서가 아니다

화가 화를 부르고
칼이 칼을 가는 세상
산 자가 썩은 송장만 못하니
나 죽거든
생자生者도 사자死者도 아니게 하라

부관참시剖棺斬屍를 아느냐
부검剖檢이란
시체를 해부하여 죽은 원인을 검사하는 일이고
부관참시는 사후에 큰 죄가 드러난 사람에게 내리는 극형
인데, 죄인의 관을 쪼개어 시신의 목을 베는 것이다
이런 참시를 김종직[3]이 연산군에게 당했고
한명회[29]가 당했고

90

정여창[24]이 당했고
남효온[4]이 당했고
한치형[30]이 당했고
어세겸[14]이 당했고
정창손[25]이 당했고
성현[9]이 당했고
심회[13]가 당했으며
이파[20]가 당했다

나 죽거든 불 태워
물에 띄우거나 바람에 날려라
굳이 태워달라고 하는 것은
죽은 뒤의 형벌이 무서워서가 아니라
산 자가 잔인해서 그런다

가슴에 품고 싶은 시

- 황진이 65

진이 :

스승님

소녀 김종직 선생의 시를 읽다가 부끄러워졌습니다

부관참시로 안타까운 생각에 이마를 구겼는데

점필재 선생에게도 달콤한 잠자리가 있었구나 해서

그랬습니다

'흙침상에서 당신과 함께 명주이불 덮고 자면서

사흘 동안 내 오두막에서 묵은 인연을 마쳤었지요

헤어진 뒤에는 옆집에서 비웃거나 말거나

비파소리 서글퍼 하룻밤이 일 년 같네요'*

스승님, 저에게도 이런 시 하나 주세요

늘 가슴에 품고 싶습니다

화담 :

진아, 너는 거기 머물러 있구나

나는 아직 가난하다

*점필재 김종직의 시.

가난을 베는 소리
- 황진이 66

부관참시!
그런 처참한 주검에서
깊이 파고드는 칼을 읽었습니다

'문고도閩鼓刀'*
스승이 가난을 베는 소리

'이른 아침 딱따구리가
도마질하는 것을 듣고
푸줏간 고기를 생각하며
한 해가 다 가도록 밥상에
소금조차 오르지 못했다'는 가난
스승의 입에서 왕모래 소리가 납니다

*서화담의 시.

청빈
– 황진이 67

진이 :

몸에 걸칠 겨울 옷 한 벌 없어

눈 덮인 초가지붕 아래

움츠린 모습이 언 거북이 같다는 말

어찌 보면 가난을 원망한 듯 합니다만

소녀 그것도 모르고

거문고 줄에 낚시를 달아

꽃 핀 연못에 디민 어리석음

그때마다 마른 기침소리로

송사리를 몰아내던

스승의 청빈에 함부로 돌을 던져

흠집 내려던 것을 엎드려 사죄합니다

김종직은 조의제문으로 부관참시 당했지만

그래도 벼슬이 있었기에

호강한 셈이지요

화담 :

호강은 무슨 호강

어지러운 벼슬보다 흰 눈에 묻힌 거북이 낫지
무덤 속에는 산 송장도 있고
죽은 송장도 있다 하던데
진이의 거문고 소리야
죽은 송장에 비하겠나

주색잡기
– 황진이 68

시와 학문은 어디에 있느냐가 문제가 아니라
누구에게 있느냐에 따라 달라진다
가난과 멋이 달라지고
모인 무리가 달라진다
시는 주색잡기의 혼혈아가 아니다
학문은 깊고
시는 진하다
진이 서화담의 초당에 드나들며 공부할 때
몇몇 선비들의 따가운 시선에서 느낀 소감이다
시는 시로 만족해야 하고
학문은 학문으로 빛을 내야 한다
그들이 가난한 화담의 집에 모여 얼굴을 맞댄 것은
정결한 인간의 승화 때문이다
시는 주색잡기가 아니다

서화담의 지팡이
– 황진이 69

쓰러질 듯 쓰러질 듯 걸어가는 화담을

지팡이가 챙겨준다

지팡이도 외롭고 화담도 외롭다

화담에겐 지팡이가 어지러운 세상보다 고마웠다

화담은 자기보다 앞서가는 지팡이를 내세웠지

지팡이에 끌려가는 자기를 내세우지 않았다

지팡이처럼 따라다니는 진이도 고마웠지만

진이의 고마움은 말하지 않았다

화담은 그가 아끼는 도죽장桃竹杖*이

바르고 곧아서 어긋남이 없다고 말하면서

지팡이처럼 따라다니는 진이에겐 아무 말도 하지 않았다

진이도 그것을 느꼈음인지

지팡이처럼 말이 없었다

*서경덕이 아끼는 도죽으로 만든 지팡이. 그는 그의 시 〈도죽장부桃竹杖賦〉에서 '잎새는 종려나무 같고, 줄기는 대나무 같으며, 나무의 질은 야물고 속이 단단하다.'고 도죽을 노래했다.

서화담의 제자들
 - 황진이 70

지신地神은 생물의 특징에 따라
살 자리를 마련해줬다
도죽桃竹이 오산鰲山* 꼭대기에
뿌리내리게 한 것도 그러하다

한 스승에게서 배운 제자들이
서로 다른 길로 흩어져 가는 것도
그런 이치이다
스승은 그들의 미래를 책임지지 않는다

솔잎을 씹으며 산으로 떠난 박지화[37]
문장이 치밀하고 뜻이 깊은 박민헌[35]
벼슬은 오래 했지만 생활이 검소했던
허균[31]의 아버지 허엽[39]
마포 강변에 토담집 짓고 신수를 보던 이지함[38]
영의정까지 올라 퇴계[28]와 율곡[19]을 가까이 하던 박순[36]
경학역리經學易理에 예禮까지 갖춘 민순[34]
이들이 이목구비는 깊은 산 계곡과 같았으니

그 틈에 끼어 화담이 눈을 쪼아보던 진이는
매화나무에 앉은 꾀꼬리였다

*오산鰲山 : 발해渤海 한가운데 있는 큰 바다에 자라가 등으로 떠받쳐 떠
있다는 산, 그 속에 신선들이 살고 있다고 한다.

솔잎을 먹는 박지화
- 황진이 71

박지화는 서화담의 제자다
유교 도교 불교에 깊고
예서禮書에 정통한 이름 그대로
군실君實*이다
나이 칠십에
금강산을 훨훨 날아다녔고
솔잎을 씹으며 소나무처럼 살았는데
임진왜란 때 백운산으로 들어가 나오지 않았다
나뭇가지에 두보杜甫의 시 한 수 걸어놓고
죽은 것이다
술 한 잔에 시 한 수라더니
시 한 수에 목숨을 물에 던진 것이다

*박지화의 자.

토정 이지함
– 황진이 72

이지함은
'토정비결'의 저자다
컴퓨터 시대에도 운명을 그에게 맡기는 이들이 있다

"나 토정비결 봤다"
두 사람의 만남은 이렇게 계산된 운명이 문서화 된다

현대인의 미래는 오리무중
어디서 무엇과 충돌할지 모른다

토정은
고려말의 성리학자 이색의 후손인데
마포 강변에 움막집 짓고 살았다
어려서 아버지를 여의고 맏형에게서 글을 배우다가
화담을 찾아 산 속으로 들어가
역학에 천문과 지리를 익혔다
그는 잡학에 성격이 기이했다

어느 날 문과에도 중시에도 장원한 김계휘[1]가 율곡에게

"도대체 이지함이 어떤 사람이요?"하고 묻자
율곡은 웃으며

"그 사람 진기한 새요"
"진기한 새라니?"

"그 사람 괴이한 돌이요"
"돌이라니?"

"그 사람 이상한 풀이요"
"풀이라니? 그게 무슨 소리요" 하자
율곡은 한 번 더 웃고 말았다
그게 이지함이다

토정비결
　- 황진이 73

'동풍해동東風解凍 동풍에 얼음이 풀리니
고목봉춘古木逢春 마른 나무 봄을 만난다
해왈解曰, 이제야 좋은 운이 돌아왔으니 재물은 왕성하고
경영하는 일은 7, 8월에 되리로다'*

어머니는 이 괘를 좋아하셨다
글이 좋으니 읽는대로 기분이 날 수밖에
세월이야 나무에 잡아매도 바람이 끌어가는 거
해가 바뀔 때마다 토정비결을 봐야
미래가 보이던 어두운 시대
어머니는 마을 노인의 책력 앞에 앉아
읽는 소리를 빼놓지 않고 귀에 담았다
책은 닳고 닳아서 표지가 없었지만
마을 사람들의 운수가 몽땅 담겨 있었다
그런 이지함이 서화담의 제자라는 사실에서
황진이와 나란히 연상하게 된다
토정비결에서 황진이의 체취를 느낀다
아니,
마포 강변으로 나아가 이지함의 움막집을 보고 싶다

토정비결

내가 가지고 있는 '원본 토정비결'에는

그의 이름이 없다

현대인들이 훔쳐간 것이다

그래도 토정은 쓴소리 하나 않는다

*토정비결의 첫괘.

청산리 벽계수야

– 황진이 74

'청산리 벽계수야 수이 감을 자랑 마라
일도창해하면 다시 오기 어려우니
명월이 만공산 하니 쉬어간들 어떠리'*

나이 들면서 어린애 된다더니
끝내 어머니를 부르며 울고 싶다
어머니 같은 여인
'명월이 만공산 하니 쉬어간들 어떠리'
이 시 어디엔가 진이의 방이 있다
벽계수란 바로 '너'다
'너'를 두고 말한 것이다
쉬었다 가렴
진이야 화담에게 가 있던
황천에 가 있던
마음은 청산에 두고 갔으니
머뭇거리지 말고 쉬었다 가렴

*황진이 시.

너를 아름답게 하는 거

― 황진이 75

눈이란

육체에서 복숭아를 따듯

색을 따는 것이 아니라

색을 용광로에 넣고 휘휘 저어

다시 꽃으로 피게 하는 것이니

성화聖花가 그런 것이다

그것은 눈의 불이 아니고

가슴의 불이다

손으로 만져서 너를 감지하려는

헛손질 말고

진짜 너를 아름답게 하는 것은

떠난 뒤의 일이다

가슴 채우기
 - 황진이 76

진이 화담 앞에 단정한 차림새로 앉아
부채에 쓴 스승의 글을 읽는다

'묻건대 부채는 휘두르면 바람이 난다는데
바람은 어디로부터 나오는가?
만약 부채에서 나온다면
부채 속에 언제부터 바람이 있었단 말인가?

그래 바람이란 기氣인 것을
기가 공간에 꽉 차 있음은
물이 골짜기에 가득 차 있는 것과 같아서
빈 공간이란 없는 것이다'

그렇다면 내 속에 꽉 차 있는 서화담은?
눈에 띄지 않는 바람인가
퍼내고 퍼내도 가슴을 채우는 바람
사랑은 기氣요 기氣는 바람이라
스승은 언제 진이의 바람으로 가슴을 채우나
아아 스승은 언제

살은 꿈의 덩어리

– 황진이 77

화담 :

오늘은 왜 늦도록 거문고만 안고 있느냐

밤도 깊고 길도 험하니 내 방에 머물거라

진이 촉촉이 젖은 눈으로 화담에게 안긴다

화담 :

죽기 전에 너의 소원 풀어주마

살〔처(処)〕은 꿈의 덩어리

네 소원 꿈속에 있으니

꿈에서 찾아라

진이는 밤새 화담의 품에서 자고

화담은 밤새 꿈속으로 안아 들인다

'꿈길밖에 길 없는 우리의 신세

님 찾으니 그 님은 날 찾고야'*

진이 '상사몽相思夢'에 젖어

꿈에서 깨어나지 않는구나

진아, 밖에 누가 왔다

*《기생시집》 문정희 엮음.
황진이의 시 〈상사몽相思夢〉 김안서 역.

송도이절松都二絕
  - 황진이 78

화담 :
듣거라
이제 갈 때가 되었으니
맑은 물에 몸이나 씻자

제자 :
그러시다면 남기실 말씀은?

화담 :
구름이 머문 자리인데
무슨 말을 남기느냐

제자들이 스승을 맑은 물에 씻겨
수척한 몸을 자리에 눕히니
마른 나뭇가지에서 나비가 날아가고
초당 산골에 곡성이 퍼진다

진이 장례를 마치고 산을 떠나

박연 앞에 서서 폭포를 가늠한다
화담과 폭포는 분명한 이절二絕인데
저만은 초라한 초개라며
머리 흔들어 절絕 하나 지운다

폭포와 거문고
– 황진이 79

산 첩첩

나뭇잎이 고독을 스쳐가는 소리

흰 저고리에 검은 치마

호의현상縞衣玄裳

머리에 단정丹頂을 이고

사뿐히 내려와 춤을 추다가

진이를 얼싸안으니

천 년을 산 청학靑鶴이요

다시 천 년을 살 현학玄鶴*이라

영원한 불사조

거문고를 안고 날아가다가

폭포에 거문고를 떨어뜨리니

거문고 소리에 물이 젖어

가뭄에도 마르지 않는구나

*현학玄鶴 : 학이 오래 살면 검어진다는데서 늙은 학, 또는 검은 학이라고 부른다.

유언

― 황진이 80

불행한 때
인생을 바꿔봤으면 하는 것은 상식이다
그 사람과 살았으면 어찌 되었을까
마을 총각은 그런 이유로
진이의 거울 속에 남는다

진이는 진이대로
스스로를 부정하며
'나 죽거든 관에 넣지 말고 물가에 버려
개미도 뜯어먹고 까마귀도 뜯어먹어
천하의 여인들이 본받지 못하게 하라'했다

화담과 헤어진 뒤 진이는
구름처럼 바람처럼
발바닥이 닳도록 떠돌았다
이젠 나도 그녀가 벗어놓은 신발을 본 듯
왠지 그녀가 슬퍼진다

무덤 앞에서
– 황진이 81

백호白湖*가
서른여덟에 요절한 백호가
평안 평사로 갈 때
황진이의 무덤 앞에서 애절한 목소리로
시를 읊었네

'청초靑草 우거진 골에 자는다 누웠는다
홍안을 어디 두고 백골만 묻혔느냐
잔 잡아 권할 이 없으니 그를 슬허하노라'

기생 무덤에 술을 붓고 절을 했다는
소문이 구설수에 오르자
'내가 이같이 좁은 조선에 태어난 것이 한이로다'라고
외친 임백호가 부러워
나 '황진이(그 사람 내게로 오네)'를 끝내고
송도로 갈까 하다가
송도는 길이 막혀 부안으로 내려와
매창⁵ 무덤에 술 붓고

진이와 매창에게 시 잘 읽었노라
삼배했네
시가 있는 여인은 아름다워
내 생전에 송도 가는 길이 열리면
진이의 무덤에도 술 붓고 삼배하겠네

* 백호 : 본명 임제.[22]

매창에게

– 황진이 82

내가 '황진이'*를 마치고 봉덕리를 찾았을 때
계생癸生[5]이 무덤 밖으로 손을 내밀어
내 옷을 잡아당기기에
매창의 시를 소리내어 읽었지

'취한 손님이 명주 저고리 옷자락을 잡으니
손길 따라 명주 저고리 소리를 내며 찢어졌네
명주 저고리 하나쯤이야 아까울 게 없지만
임이 준 은정恩情까지 찢어졌을까 그게 두렵네'**

그대에게 시가 있기에 부안까지 내려와
거문고에 맞춰 시를 읽었네
그대 품에 시가 있기에
철없는 손이 무덤까지 파고들었지

*황진이 : 이 연작시 '그 사람 내게로 오네'를 뜻함.
**매창의 시 〈취한 손님께〉.

그 사람을 사랑한 이유
– 백석과 자야 1

여기서는 실명이 좋겠다
그녀가 사랑했던 남자는 백석白石이고
백석을 사랑했던 여자는 김영한金英韓[2]이라고
한데 백석은 그녀를 '자야子夜'라고 불렀지
이들이 만난 것은 이십 대 초
백석은 시 쓰는 영어 선생이었고
자야는 춤추고 노래하는 기생이었다
그들은 삼 년 동안 죽자사자 사랑한 후
백석은 만주 땅을 헤매다 북한에서 죽었고
자야는 남한에서 무진 돈을 벌어
길상사에 시주했다

자야가 죽기 열흘 전
기운 없이 누워있는 노령의 여사에게
젊은 기자가 이렇게 물었다

– 천 억의 재산을 내놓고 후회되지 않으세요?
'무슨 후회?'

－그 사람 생각을 언제 많이 하셨나요?
'사랑하는 사람을 생각하는데 때가 있나?'
기자는 어리둥절했다

－천금을 내놨으니 이제 만복을 받으셔야죠
'그게 무슨 소용있어'
기자는 또 한번 어리둥절했다

－다시 태어나신다면?
'어디서? 한국에서?
에! 한국? 나 한국에서 태어나기 싫어
영국쯤에서 태어나 문학 할 거야'

－그 사람 어디가 그렇게 좋았어요?
'천 억이 그 사람의 시 한 줄만 못해
다시 태어나면 나도 시 쓸 거야'
이번엔 내가 어리둥절했다

사랑을 간직하는 데는 시밖에 없다는 말에
시 쓰는 내가 어리둥절했다

내가 백석白石이 되어
– 백석과 자야 2

나는 갔다
백석이 되어 찔레꽃 꺾어 들고 갔다
간밤에 하얀 까치가 물어다 준 신발을 신고 갔다
그리운 사람을 찾아가는데
길을 몰라도 찾아갈 수 있다는
신비한 신발을 신고 갔다

성북동 언덕길을 지나
길상사 넓은 마당 느티나무 아래서
젊은 여인들은 날 알아채지 못하고
차를 마시며 부처님 이야기를 나누고 있었다
까치는 내가 온다고 반기며 자야에게 달려갔고
나는 극락전 마당 모래를 밟으며 갔다
눈 오는 날 재로 뿌려달라던 흰 유언을 밟고 갔다

참나무 밑에서 달을 보던 자야*가 나를 반겼다
느티나무 밑은 대낮인데
참나무 밑은 우리 둘만의 밤이었다

나는 그녀의 손을 꼭 잡고 울었다
죽어서 만나는 설움이 무슨 기쁨이냐고 울었다
한참 울다 보니
그것은 장발[23]이 그려놓고 간
그녀의 스무 살 때 치마였다
나는 찔레꽃을 그녀의 치마에 내려놓고 울었다
죽어서도 눈물이 나온다는 사실을
손수건으로 닦지 못하고 울었다

나는 말을 못했다
찾아오라던 그녀의 집을 죽은 뒤에 찾아와서도
말을 못했다
찔레꽃 향기처럼 속이 타 들어갔다는 말을 못했다

*백석은 젊었을 때 김영한을 '자야子夜'라고 불렀다.

❖ 주요 인물 / 참고 문헌

주요 인물

1.김계휘金繼輝(1526~1582) : 선조 때의 정치가. 1549년 문과에 장원 급제. 1563년에는 중시重試에 수석으로 급제하여 통정, 부승지를 역임 하였으며, 식견이 높고 박학하여 만사에 통달했던 사람이다.

2.김영한金英韓(1916~1999) : 백석은 젊었을 때 김영한을 '자야子夜'라 불렀다. 일찍 부친을 여의고 할머니와 홀어머니 슬하에서 자랐다. 금광을 한다는 친척에게 속아 가정이 파산하게 되자, 열여섯 살 때 조선 권번에 들어가 기생이 되었고, 1936년 함흥에서 영생고보 영어교사로 와 있던 청년 시인 백석과 뜨거운 사랑에 빠졌다. 1953년 중앙대학교 영어영문학과 졸업했으며 1989년 백석 시인에 대한 회고 기록《백석, 내 가슴 속에 지워지지 않는 이름》, 1990년 선가《하규일 선생 약전》, 1995년《내 사랑 백석》(문학 동네)을 펴냈다. 1951년 서울 성북동 창암장을 인수해 '대원각'으로 개명, 국내 3대 요정 중의 하나로 키웠는데, 고급 요정의 대명사였던 대원각(당시 1000억 호가)을 법정스님에게 조건 없이 시주해, 그곳이 지금은 사찰 길상사吉祥寺가 되었다.

3.김종직金宗直(1431~1491) : 호 점필재, 성종 때 형조판서를 지냈으며, 문장과 경술에 뛰어나 수백 명의 제자를 길렀으나, 그가 쓴〈조의제문弔義祭文〉이 훗날 연산군이 무오사화를 일으키는 빌미가 되었다. 조의제문은 김종직이 세조 찬탈을 풍자한 글로 항우가 초나라 회왕을 죽인 중국 고사를 비유해 지은 것이다. 훗날 김종직의 문하생인 김일손金馹孫이 사관史官으로 있을 때 이 글을 사초史草에 적어 넣었다. 김종직과 사이가 좋지 못하던 이극 돈李克墩과 유자광柳子光이 연산군 때《성종실록》을 편찬하면서 사초에서〈조의제문〉을 발견하고, 이는 단종을 조상하는 동시에 세조

를 음기陰譏한 것이라며 연산군을 움직여 김종직을 부관참시 하고 김일손을 죽이는 등, 무오사화戊午士禍를 일으키게 했다.

4.**남효온南孝溫**(1454~1492) : 세조 때 생육신의 한 사람. 벼슬할 생각을 버리고 각지를 유랑하다가 병사했다. 연산군의 갑자사화 때 김종직의 제자이며 소릉의 복위를 상소했다 하여 부관참시 당했고, 아들 세충은 사형 당했다.

5.**매창梅窓**(1573~1610) : 본명 이향금. 호 매창, 계생. 조선 중기의 기생, 여류시인. 아전이던 이탕종李湯從의 딸, 유희경의 연인이요, 인조반정의 기수 이귀의 정인, 허균의 문우다. 어려서 계생癸生이라 불렀다. 부안읍 봉덕리 매창공원에 무덤이 있으며, 그의 유언에 따라 거문고도 함께 묻었다고 한다.

6.**백거이白居易**(772~846) : 자 낙천, 호 취음선생, 향산거사. 민중을 위한 문학과 정치를 지향한 당나라 최고 민중파 시인.

7.**백석白石**(1912~1996) : 본명 기행虁行, 필명 백석白石, 白奭. 시인. 평북 정주에서 태어나 오산고보 졸업 후 도쿄 아오야마 학원에서 영문학 수학. 1934년 조선일보 출판부 입사, 《女性》지 편집. 1935년 시 〈정주 성〉을 조선일보에 발표하며 문단에 나옴. 1936년 시집 《사슴》 간행. 《백석시전집》 이동순 편(창작과비평사 1987).

8.**서경덕徐敬德**(1489~1546) : 호 화담花潭. 조선 중종 때 학자. 18세 때 《대학》을 배우다가 격물치지格物致知를 깨달은 바 있어 그 원리에 의지하며 학문을 연구했다. 과거에는 뜻이 없었고, 어머니의 명령으로 사마시司馬試에 합격했으나, 벼슬을 단념하고 도학에 전념했다. 집이 극히 가난해 며칠 동안 굶주려도 태연자약했으며, 제자들의 학문이 나아지는 것을 매우 기뻐했다. 산림 속에 은퇴한 곳을 볼 때에는 세상에 대한 뜻이 없는 것 같아 보이지

만, 정치가 잘못된 것을 들을 때는 개탄함을 금치 못했다. 서경덕의 사상 그 바탕이 장재張載(1020~1077)의 '유기론唯氣論'에 있다고 하지만, 그의 생활철학은 소옹에 뿌리를 두었다고 해야 한다. 벼슬을 멀리한 것도 그렇고, 비바람 겨우 피할 수 있는 초당에서 끼니를 근근이 이어가며 도학에 몰입한 것도 그렇다.

9.**성현**成俔(1439~1504) : 명신이요 학자. 예조판서 공조판서, 대제학을 지냈다. 죽은 뒤 수 개월 만에 갑자사화가 일어나 부관참시 당했다.

10.**성희안**成希顔(1461~1513) : 호 인재, 중종 때의 공신. 1506년 중종반정을 일으켜 연산군을 폐하고 중종을 받들어 난정을 혁신하여 공신의 호를 받았다.

11.**소옹**邵雍(1011~1077) : 송나라 성리학자.

12.**송순**宋純(1493~1583) : 호 면앙정, 기촌. 조선조 선조 때 대학자, 시인. 벼슬 끝에 담양 땅에 물러나와 살며, 세월봉 아래 석림정사와 면앙정을 짓고 독서와 가곡으로 유유자적 하였다. 퇴계의 선배요, 농암聾岩 이현보(1467~1555)의 후배로 우리 시가 사상에 강호가도江湖歌道를 수립했으며, 지은 책으로 《기촌집》《면앙정가》 등이 있다. 개성 유수留守(지방장관)로 있을 때 황진이와 사귀었다.

13.**심회**沈澮(1418~1493) : 성종 때 좌의정, 영의정을 거쳐 국가의 대소 정사에 참여했고, 윤비 폐출 사건에 동조했다는 죄로 부관참시 당했다.

14.**어세겸**魚世謙(1430~1500) : 성종 때 예조참판. 연산군 때 좌의정을 지냈으나, 윤씨를 폐하는 논의에 관련되었다 하여 부관참시 당했다.

15. **연산군**(1476~1506) : 재위 1494~1506년, 대표적인 폭군으로 무오사화, 갑자사화를 일으켜 생모 윤 씨 폐비를 찬성했던 윤필상 등 수십 명을 처형하고, 경연을 없애고 사간원을 폐지하는 등, 비정秕政이 극에 달하여 중종반정으로 폐위되었다.

16. **원효**(617~686) : 성은 설씨薛氏, 원효는 법명法名이다. 신라시대 승려로 한국 불교사에 길이 남는 최대의 학자이자 사상가. 태종무열왕의 딸 요석공주瑤石公主와의 사이에서 설총을 낳았는데, 이 실계失戒가 더욱 위대한 사상가로 전환하게 된 중대한 계기가 되었다. 그 후 스스로 소성거사小性居士라고 칭하고 속인 행세를 했다.

17. **이구령李龜齡**(1482~1542) : 조선 중기 문신. 그는 척신으로 높은 벼슬을 지내며 주색을 일삼고 나라 일에 소홀했다고 한다.

18. **이규보李奎報**(1168~1241) : 호 백운白雲, 고려 신종神宗 때 시인. 시와 술과 거문고를 좋아해 스스로 삼혹호三酷好 선생이라 하였음.

19. **이이**(1536~1584) : 호 율곡, 신사임당의 아들로, 조선 중기에 이황과 더불어 으뜸가는 학자로 추앙받았다.

20. **이파李坡**(1434~1486) : 성종 때 중신으로 이색의 증손이며 형이 사육신의 한 사람인 이개이다. 집현전 박사. 이조 참판, 평안도 관찰사 등을 지냈다. 연산군 생모 윤씨의 폐출에 관계되어 갑자사화 때 부관참시 되고, 멸문지화滅門之禍를 당했다.

21. **이현보李賢輔**(1467~1555) : 호는 농암聾巖, 설빈옹雪鬂翁. 조선 중기의 문신이며 문인. 병을 핑계로 벼슬을 그만둔 후 고향에 돌아와 시를 지으며 한가롭게 지냈다. 저서로『농암집』이 있으며, 작품으로「어부가漁父歌」가 전해져 오고 있다.

22.**임제**林悌(1549~1587) : 호 백호白湖, 1577년에 대과에 급제해 예조정랑을 지냈으나, 선비들이 동서로 나뉘어 다투는 것을 개탄하고 명산을 찾아다니다 비분강개 속에 요절했다. 일찍이 속리산에 들어가 성운成運에게 배웠으며, 문장과 시에 뛰어난 천재였다. 황진이의 무덤에 닭과 술을 올려놓고 제를 지냈다는 비난을 받자, '내가 이같은 좁은 조선에 태어난 것이 한이로다'라고 탄식했다.

23.**장발**張勃(1901~2001) : 호 우석雨石, 서양화가. 서울대 미대 초대 학장을 지냈으며, 대표작으로 김대건 신부상, 명동성당 제단 벽화 등이 있다.

24.**정여창**鄭汝昌(1450~1504) : 성종 때의 학자로 김종직의 제자이다. 일찌기 지리산에 들어가 5경五經과 성리학을 연구하며 실생활에 옮겼다. 과거에 급제하여 관직에 나간 후 무오사화에 연루되어 유배된 뒤 죽었고, 갑자사화가 일어나자 부관참시 당했다.

25.**정창손**鄭昌孫(1402~1487) : 세조 때 대신. 집현전의 부제학으로 고려사와 세종실록을 편수하고 영의정을 지냈으나 갑자사화 때 부관참시 당했다.

26.**정철**(1536~1593) : 호 송강, 정치적 혼란기의 문신이었으나 정치보다 국문학사에서 그 이름이 더 높다. 〈사미인곡〉, 〈속미인곡〉, 〈관동별곡〉, 〈성산별곡〉 및 시조 100여 수가 전해져오고 있다.

27.**최충헌**崔忠獻(1150~1219) : 고려 후기의 무신.

28 .**퇴계**(1501~1570) : 호 퇴계退溪, 조선 중기의 문신이며 학자이다. 교육과 학문 연구를 겸비한 성리학의 대스승으로 우리나라에서 가장 저술을 많이 남긴 학자 두 분 중 한 분이다.

29. **한명회韓明澮**(1415~1487) : 영의정을 지냈으며, 딸 둘이 장
순황후와 공혜왕후가 되었으나, 연산군 때 갑자사화가 벌어지면
서 부관참시 당했다.

30. **한치형韓致亨**(1434~1502) : 성종 때 형조판서를 지냈고, 연
산군 때 우의정을 거쳐 영의정에 이르렀으나 갑자사화 때 부관참
시 당했으며 일가 역시 몰살당했다.

31. **허균**(1569~1618) : 조선 중기의 문신. 명문가의 자제였지
만, 불우한 이들의 따뜻한 벗이었으며 불 같은 의지를 지닌 개
혁사상가였고 유불선儒佛仙에 두루 통달한 학자였다. 천재적 시
인이며 문사였던 허균은 우리나라 최초의 국문소설 《홍길동전》
의 저자이다.

32. **한호韓濩**(1543~1605) : 호 석봉, 조선 중기 서예가.

33. **황진이**(1516~1558 추정) : 자 명월明月, 황 진사와 첩이었던
진현금陳玄琴 사이의 딸. 진현금은 청순한 얼굴에 총명한 사람이
었으며, 거문고를 잘 탔다고 함.

〈화담 서경덕의 주요 제자들〉

34. **민순閔純**(1519~1591) : 장성한 후 서경덕 문하에서 공부했
다. 벼슬을 중도에 그만 두고 고향에서 후진양성에 힘쓰며 지냈다.

35. **박민헌朴民獻**(1516~1586) : 대과에 급제한 후 함경도 관찰사
겸 병마절도사, 함흥부사를 거쳐 상호군 동지중추부사를 지냈다.
일찍이 서경덕에게 배워 문장이 치밀하고 뜻이 깊었다. '희정希正'
이라는 호를 서경덕이 지어줬다.

36.박순朴淳(1523~1589) : 문과에 급제해 영의정을 지냈다. 서경덕에게 성리학을 배웠고, 역학에 특히 조예가 깊었다.

37.박지화朴枝華(1513~1592) : 자 군실君實, 호 수암守庵. 어려서부터 명산을 찾아 다녔으며 솔잎으로 생식을 했다.

38.이지함李之菡(1517~1576) : 호 토정. 토정비결의 저자로 서경덕에게 주역을 배웠다.

39.허엽許曄(1517~1580) : 허난설헌과 허균의 아버지로 서경덕에게 학문을 배웠다. 동인의 영도자로 30년 동안 벼슬을 지냈으나, 생활이 검소했다.

참고 문헌

_ 《황진이와 기방문학》 장덕순 저 (중앙일보사. 1981)

_ 《나, 황진이》 김탁환 역사소설 (푸른역사. 2002)

_ 《기생시집》 문정희 엮음 (해냄. 2000)

_ 장편소설 《황진이》 문정배 (미래문학사. 1994)

_ 《서화담 문선》 김학주 역 (명문당. 1988)

_ 《한국풍류사》 황원갑 (청아출판사. 2000)

_ 《조선왕조실록》 황영규 (들녘. 1996)

_ 《한국사대관 4》 심현 (일중당. 1979)

_ 《내 사랑 백석》 김자야 (문학동네. 1995)

_ 《점필재 김종직 시선》 허경진 옮김 (평민사. 1997)

_ 《송강 정철 시선》 허경진 옮김 (평민사. 1997)

_ 《백호 임제 시선》 허경진 옮김 (평민사. 2002)

_ 《매창 시선》 허경진 옮김 (평민사. 1997)

_ 《시인 연산군》 신봉승 편저 (선. 2000)

_ 《이규보의 삶과 문학》 전형대 지음 (홍성사. 1983)

_ 《이규보 문학연구》 김진영 저 (집문당. 1984)

국립중앙도서관 출판예정도서목록(CIP)

(내가 백석이 되어) 그 사람 내게로 오네 : 이생진 시집 /
지은이: 이생진. -- 2판. -- 광주 : 우리글, 2018
    p. ;   cm. -- (우리글시선 ; 091)

참고문헌 수록
ISBN 978-89-6426-090-6 03810 : ₩9500

한국 현대시 [韓國現代詩]

811.62-KDC6
895.714-DDC23   CIP2018039298

내가 백석이 되어

그 사람 내게로 오네

1판 1쇄 인쇄 2003년 6월 13일
2판 1쇄 발행 2018년 12월 15일

지은이 이생진
발행인 김소양
편 집 권효선
마케팅 이희만

발행처 ㈜우리글
출판등록번호 제321-2010-000113호
출판등록일자 1998년 06월 03일

주소 경기도 광주시 도척면 도척로 1071
전화 02-566-3410 / 031-797-3206
팩스 02-6499-1263 / 031-797-3206
www.wrigle.com / blog.naver.com/wrigle

ⓒ 이생진, 2018

값은 표지에 있습니다.
ISBN 978-89-6426-090-6 03810
잘못 만들어진 책은 구입하신 서점에서 교환해드립니다.